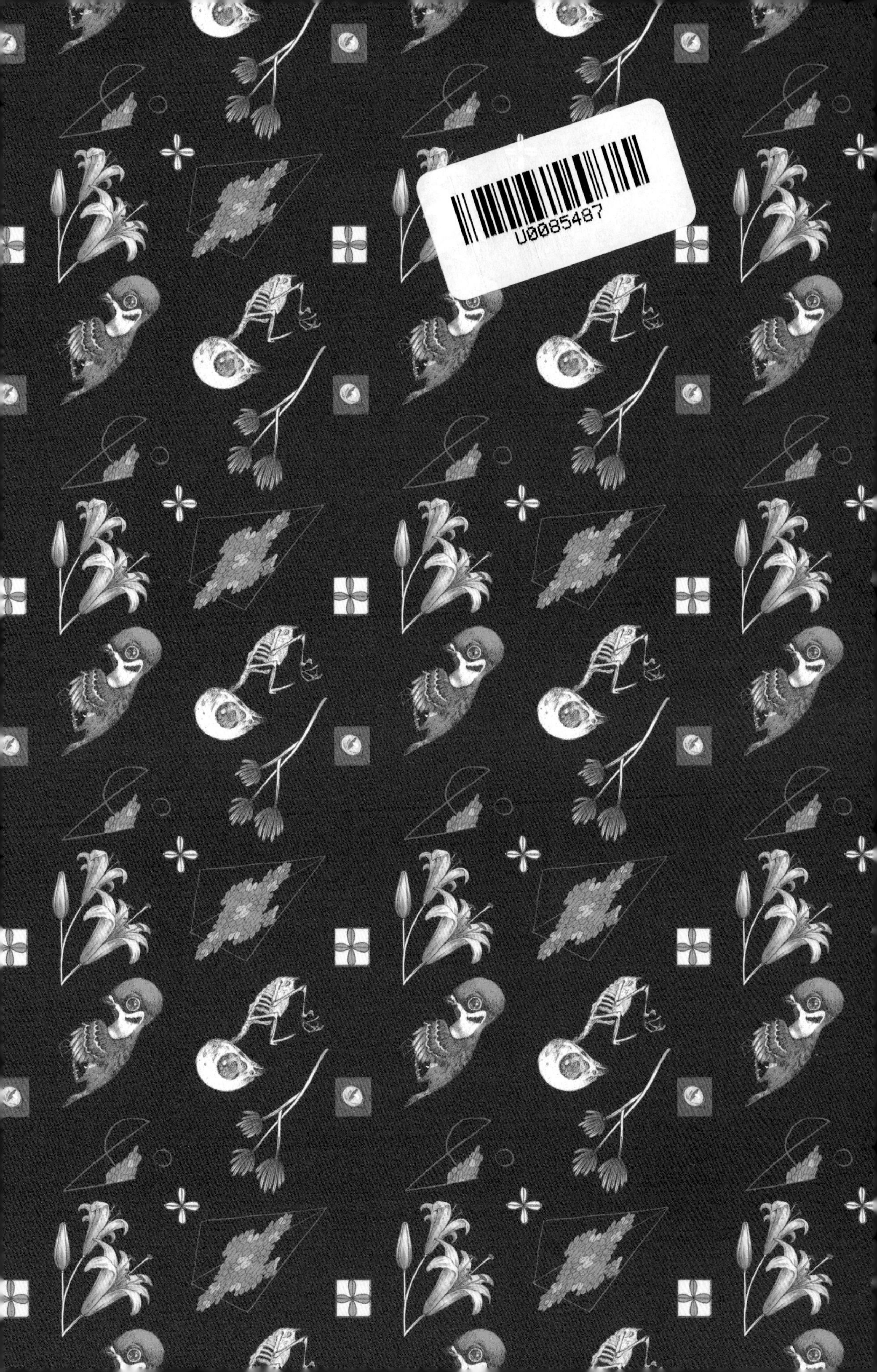
U0085487

作者 藍白拖

旅人作家、「背包合作社」發起人，著有《給回來的旅行者》、《走慢點才是快》、《我的學號是爸爸》，以及《最勇敢的人》童書繪本。近幾年喜歡讀書多過旅行，喜歡獨處多過與人群相處，喜歡天馬行空多過放空。
個性孤僻，有時懶散，遇到好玩的事物才會變勤奮。外在膚色有點黑，所以內在也有點黑，但不至於黑心。為了接住黑暗，發想出給大人的黑暗系列繪本故事。

繪者 Summerise

本名夏紹智，透過超現實的插畫風格加入獨到的世界觀，將哲學的思維與哲理藉由畫筆推廣，期許讓世界更美好。
於 2014、2016 年入圍英國 WIA 插畫獎，2015年入圍美國3X3插畫獎。目前與 VOGUE 國際中文版長期合作內頁插圖。繪有王淑芬《最後一個人》、朱家安《画哲學：三十個哲學家和他們腦子裡的怪奇東西》等暢銷著作。

Light 004
麻雀女孩

專案發起、作者 藍白拖 | 繪者 Summerise
編輯 Baltan Zhu | 校對 李映青 | 設計 Dinner Illustration | 專案統籌 黃禹舜
集資策劃 貝殼放大股份有限公司 | 繪本主題曲 〈你看你看看〉告五人Accusefive
音樂專案 李映萱 | 特別感謝 告五人Accusefive、相遇音樂有限公司

共同發行 天使放大股份有限公司
發行人 賀郁文

出版發行 重版文化整合事業股份有限公司
臉書專頁 www.facebook.com/readdpublishing
連絡信箱 service@readdpublishing.com
總經銷 聯合發行股份有限公司 | 地址 新北市新店區寶橋路235巷6弄6號2樓
電話（02）2917-8022 | 傳真（02）2915-6275 | 法律顧問 李柏洋

法律顧問 李柏洋 | 印製 鴻霖印刷傳媒股份有限公司 | 裝訂 華馨裝訂股份有限公司

初版一刷 2023年09月 | 定價 新台幣450元 | ISBN 978-626-96846-8-7

麻雀女孩

A Girl in the Cage

藍白拖 著　Summerise 繪

一天，一隻黑貓親吻我的臉頰，
當我想溫柔地撫摸牠，突如其來的利爪卻撲向我。
看著傷口不停流淌出深黑色的血，我嚇哭了。
我哭得越大聲，牠的利爪卻傷得越深，於是我從睡夢中驚醒。

從此，我不再一個人睡覺，

害怕一閉上眼，那隻黑貓就會從黑暗中出現，

逼我陪牠玩。

從前我喜歡唱歌和跳舞，不在乎外界的眼光，

我是我自己，眼中有光。

我要唱歌就哼歌，我要飛就翩翩起舞。

但是大人和我要的不一樣，

他們不准我頑皮、不准我大聲與任性、不准我做自己。

總是有一隻手，在我最自由自在的時候，把我拉走。

我的笑容也被拿走，沒人告訴我。

學校是大家眼中的遊戲場，卻是囚禁我的監獄。

校服是囚衣，繡上了學號數字，失去了名字。

日子對我來說，只剩下兩種。

在或是不在監獄。

中正國民小學

父母的心情起伏，取決於成績單上的分數。

我的成績，總是無法出現奇蹟。

父親一邊責備一邊手指向我，我低著頭，嚇到發抖。

有一把槍指著我的頭。

家人的獎杯是聖杯， 我永遠給不了，所以我有罪。

大人的話語是聖旨，我經常觸法，所以我該罰。

我的聲音，對同學是噪音。

我的煩惱，對老師是困擾。

沒有人願意和我做朋友，因為隨時有人監視我的一舉一動，

只要有誰敢接近我，他也跟著沒了朋友。

失去名字又沒朋友的人，成了只會呼吸的隱形人。

曾經的好朋友說我變冷漠，其實我是悲傷。

我的學習速度，永遠追不上課本與作業的進度。

「不夠好」喜歡追著笨蛋跑，無論再怎麼努力躲，

最後總是我被抓到。

我討厭這種遊戲，好幾次想認輸放棄，

可是一想到父母失望的表情，我害怕自己被拋棄。

試過努力讓自己變好，卻怎麼做都不夠好。

我好羨慕窗外自由自在、無憂無慮的麻雀。

為什麼沒人想和我做朋友？
為什麼老師看到我就一副不耐煩的表情？
為什麼我常常惹得父母不開心？
為什麼沒有一個人愛我？全世界都討厭我，
到底做錯了什麼？

我覺得胸口好悶，眼皮好重，全身好累。
不行，老師還在上課，我不能睡著……
我千萬……不能……睡……著……

我好累，能不能不再當累贅？

我不棒，全身遍體鱗傷。

我的眼淚，只能躲在大雨裡傾瀉。

我已破裂，體內流著黑色的血。

我好想飛，飛到一個沒人討厭我的世界。

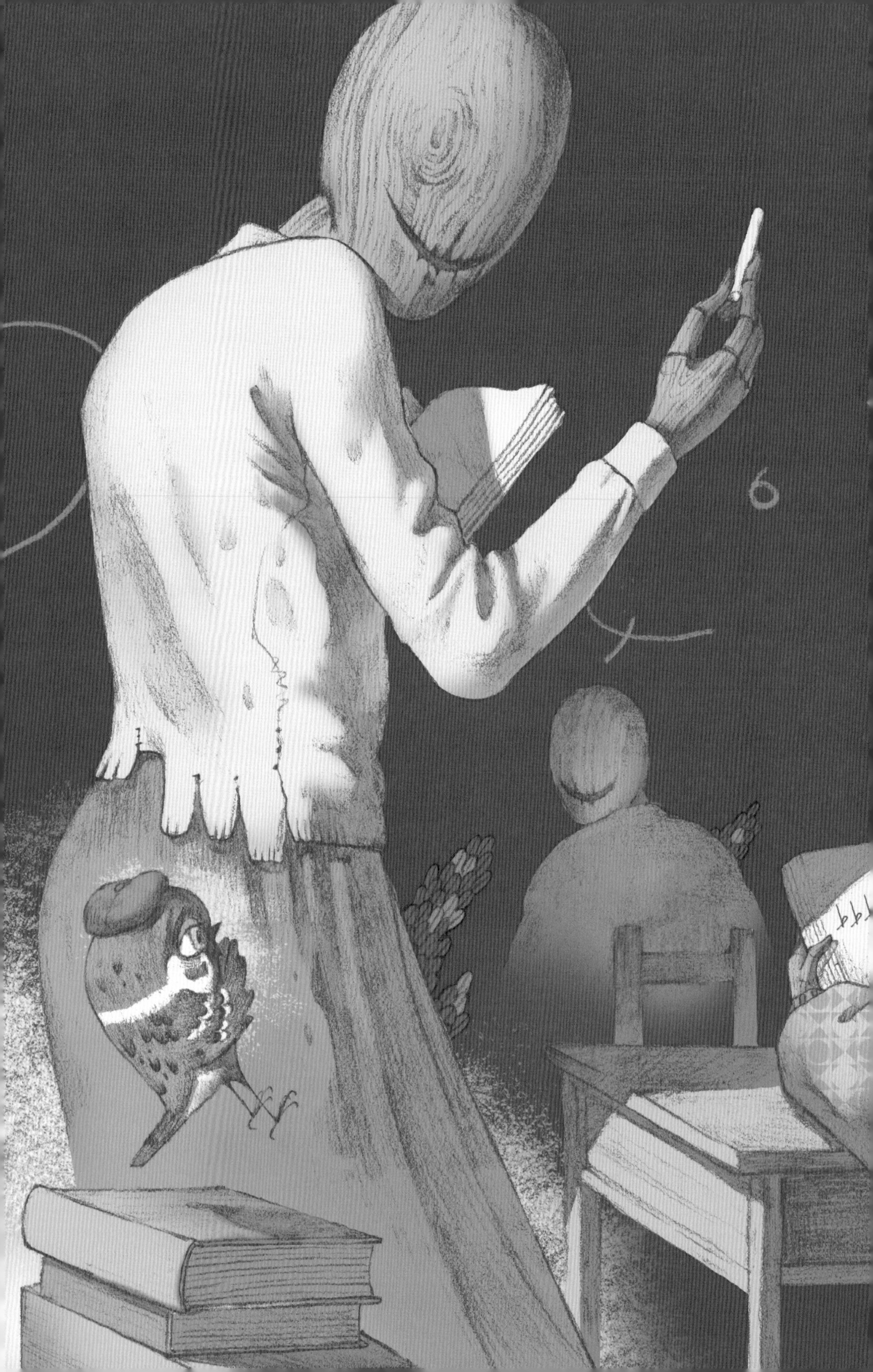

我怎麼變成了這樣？你們怎麼變成了那樣？

為什麼眼前一片黑暗，全都變得不一樣？

突然間，木偶全部轉頭對我說：

「你不是想飛嗎，我幫你飛吧！」

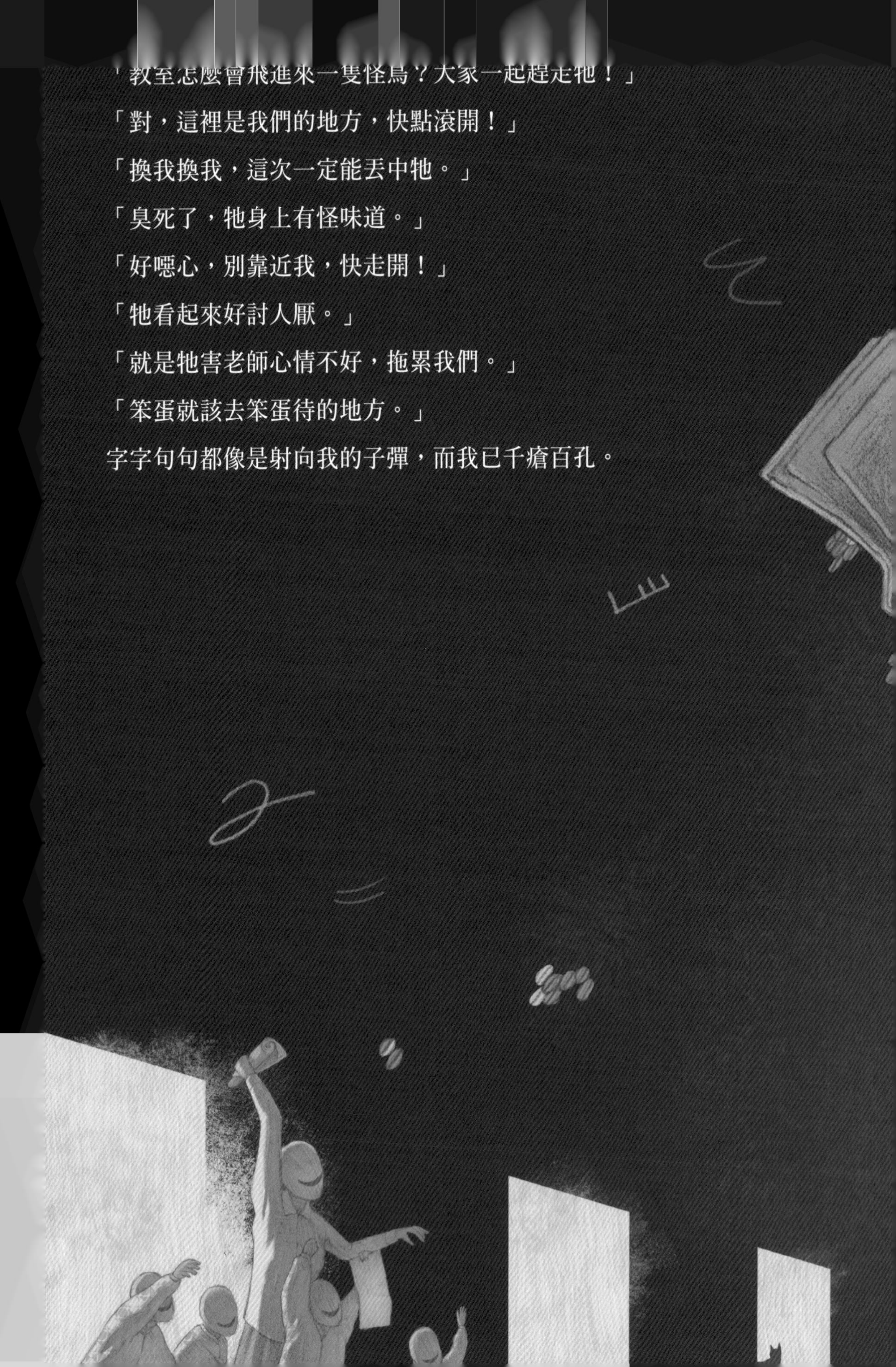

「教室怎麼會飛進來一隻怪鳥？大家一起趕走牠！」

「對，這裡是我們的地方，快點滾開！」

「換我換我，這次一定能丟中牠。」

「臭死了，牠身上有怪味道。」

「好噁心，別靠近我，快走開！」

「牠看起來好討人厭。」

「就是牠害老師心情不好，拖累我們。」

「笨蛋就該去笨蛋待的地方。」

字字句句都像是射向我的子彈，而我已千瘡百孔。

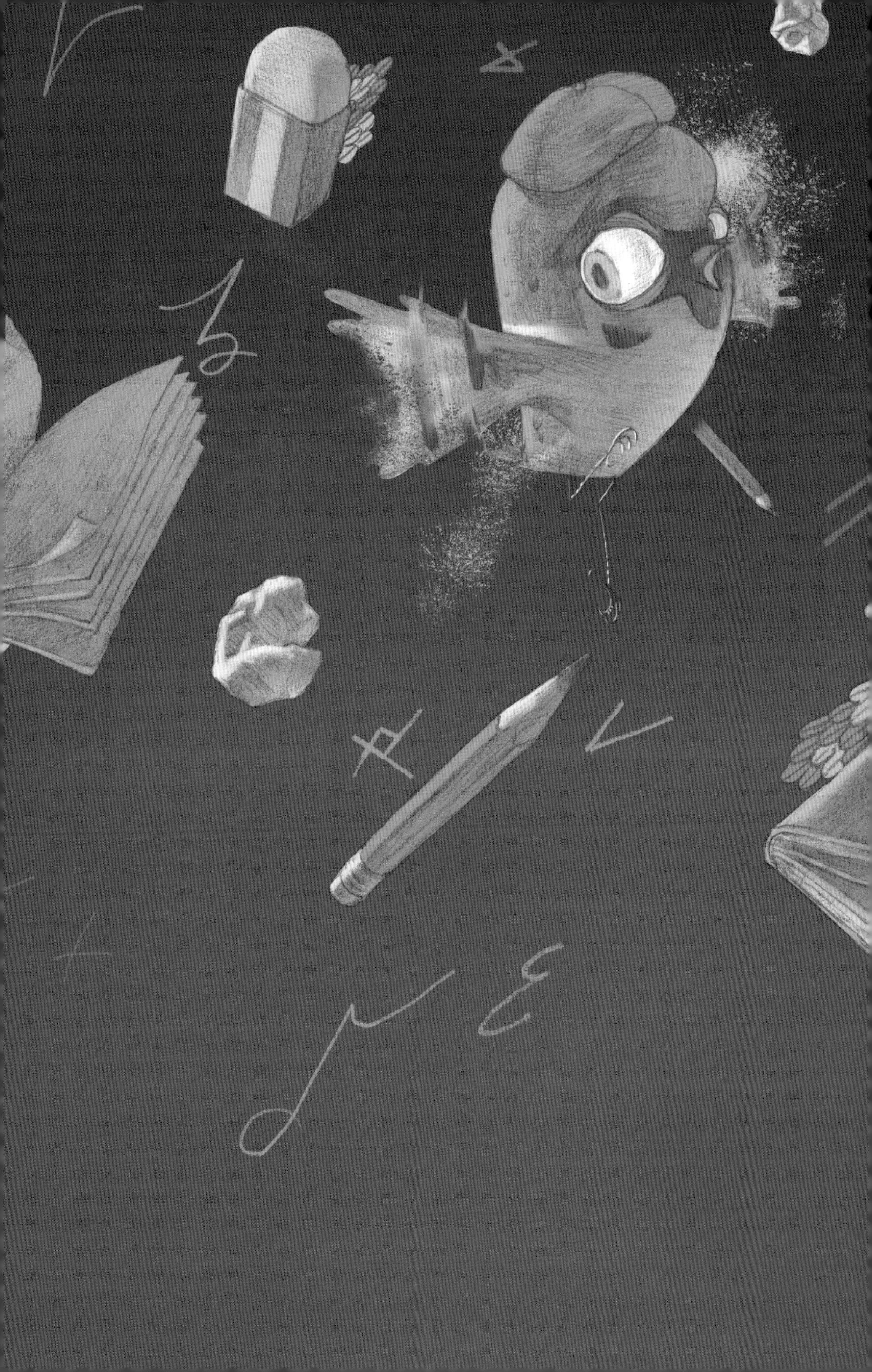

當你真心恐懼某件事，全宇宙都會聯合起來傷害你。
既膽小又無力反抗的動物，往往是最美味的食物，
飢餓的黑貓迫不及待想吞下肚。
特別是體內流著黑色血的動物，有著誘人的血腥味。
哭吧，用力哭吧，膽怯的人最適合拿來磨爪。

陰影像惡霸，專找怯兒踐踏。

我越無助，它越可惡。

我的恐懼，它視為玩具。

即使逃到天涯海角，永遠能逼人至牆角。

真實的人，其實特別虛假；虛假的人，其實特別真實。

卸下防備，接住隱藏深處的眼淚。

全宇宙都會聯合起來傷害我，沒有一個人愛我，又如何？

我就是要唱歌，我就是要飛，我是我自己。

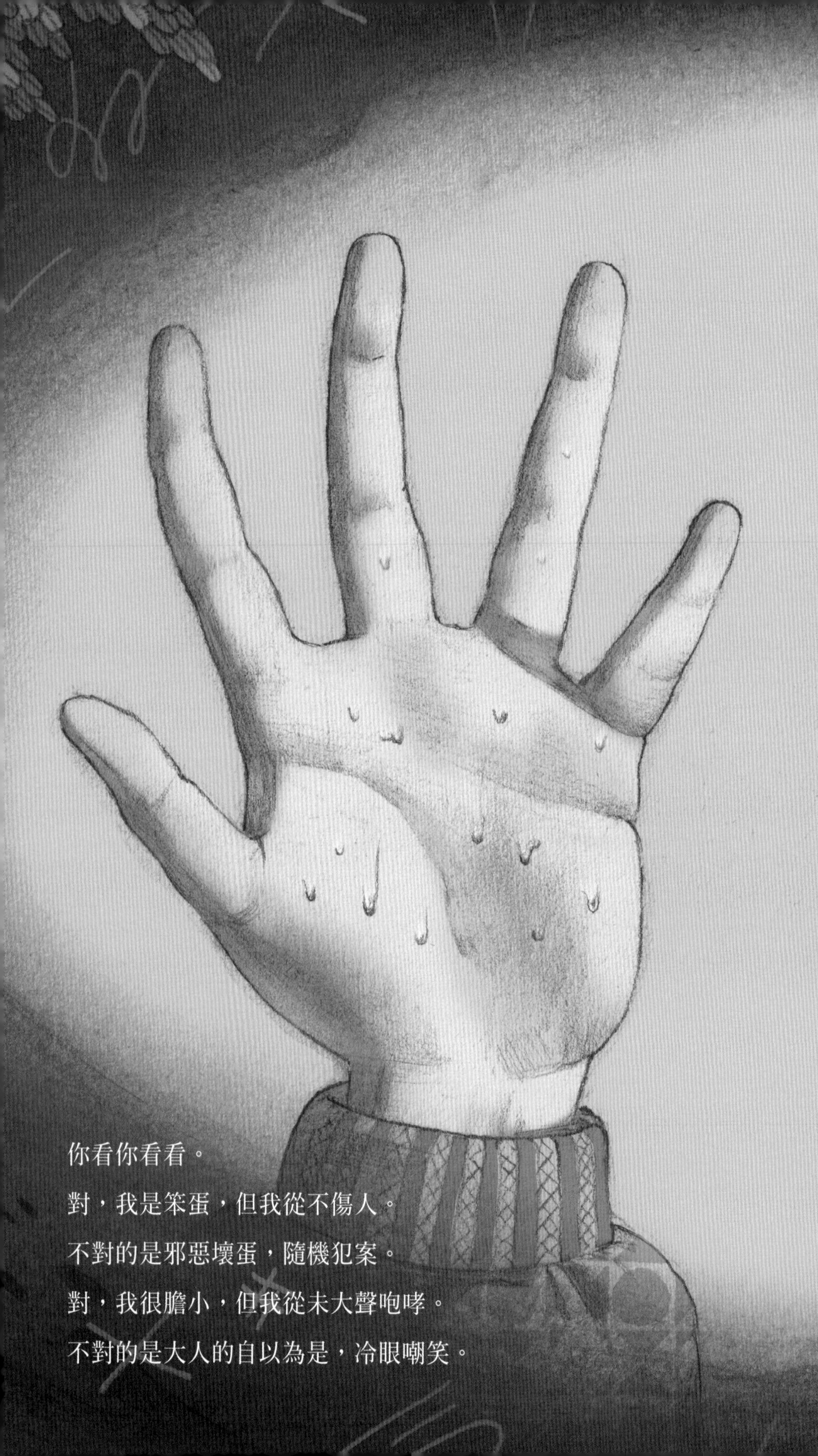

你看你看看。

對，我是笨蛋，但我從不傷人。

不對的是邪惡壞蛋，隨機犯案。

對，我很膽小，但我從未大聲咆哮。

不對的是大人的自以為是，冷眼嘲笑。

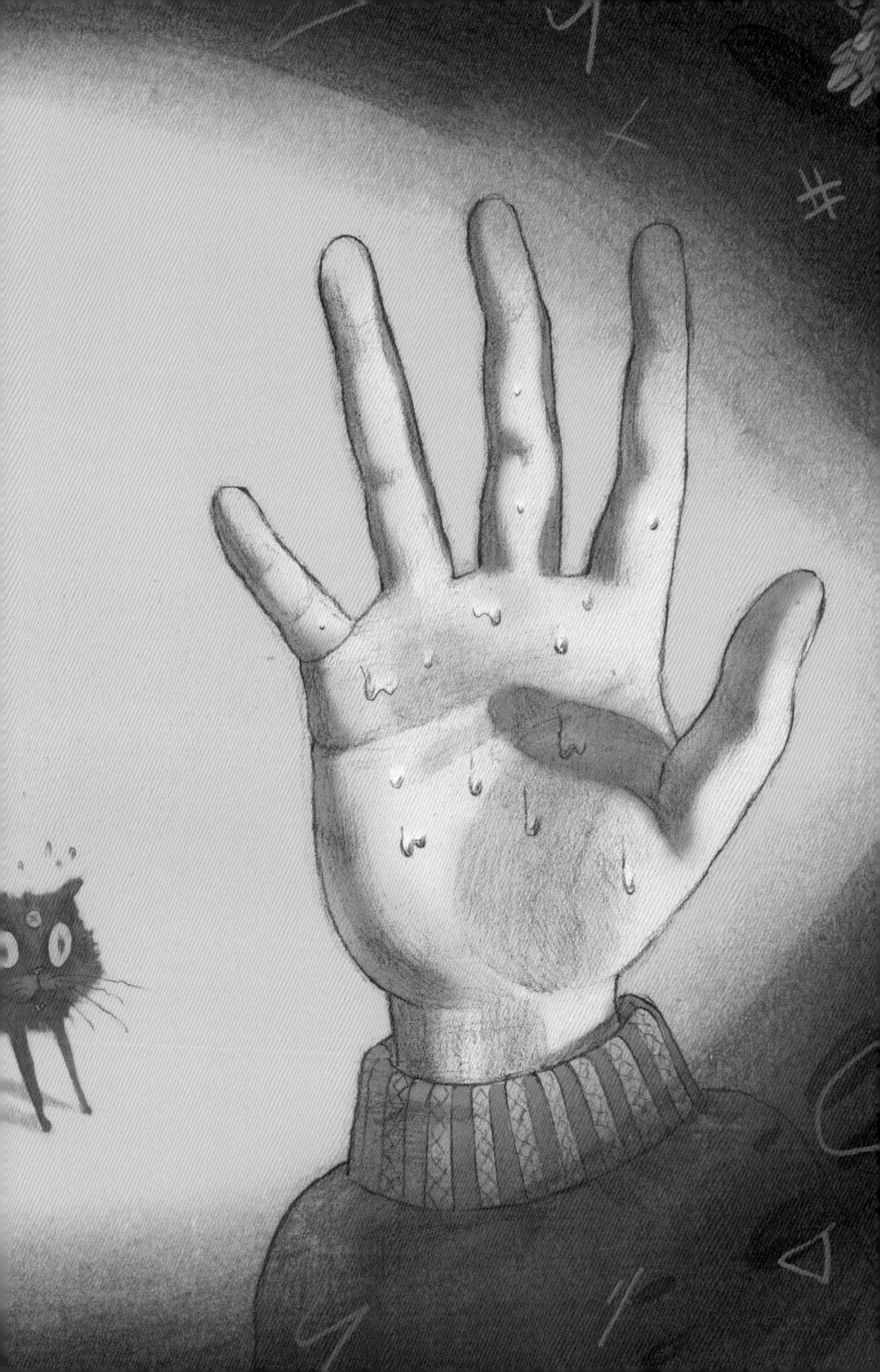

善良的孩子，面對惡意不會反抗，受到的傷最深。

好不容易長大，傷口卻暗中擴大。

有些難過， 鬼鬼祟祟害人壞掉。

一輩子難以修復，對自己束手無策。

給自己一個溫柔擁抱以及一句

「世界爛透了，謝謝你從未放棄。」

才有機會變回人形。

接住自己後，立刻變得不再誘人可口，

黑貓便轉身去找別隻怯兒玩。

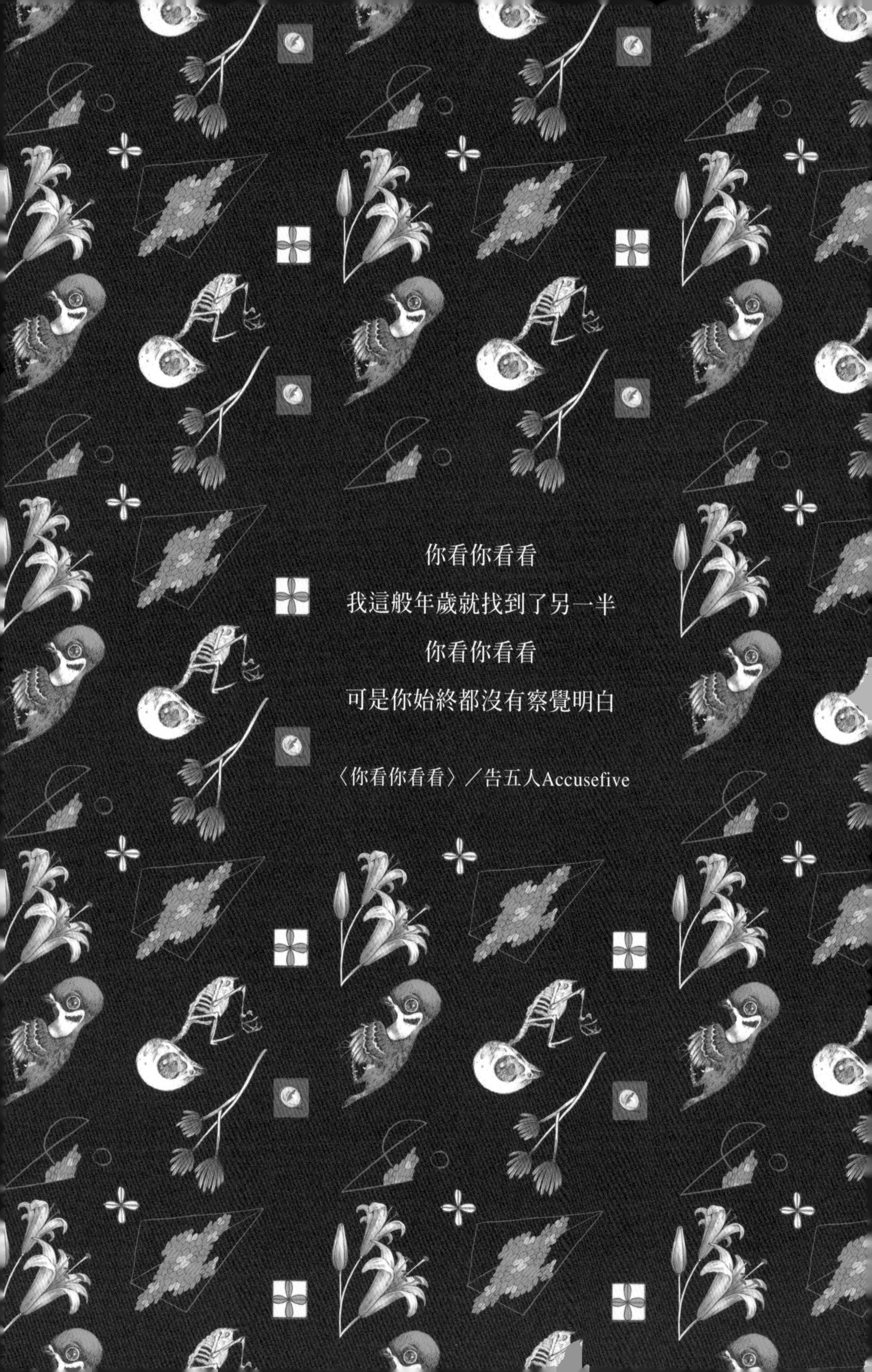

你看你看看

我這般年歲就找到了另一半

你看你看看

可是你始終都沒有察覺明白

〈你看你看看〉／告五人Accusefive